J'aime peindre.
C'est mon côté artiste.

APPRENTIS LECTEURS

C'EST MOI

Julie Broski

Illustrations de Vincent Vigla

Texte français d'Ann Lamontagne

Éditions ■SCHOLASTIC

Pour les enfants, leur famille et le personnel du Children's Center for the Visually Impaired à Kansas City et d'Infant Toddler Services du comté de Johnson. Vous êtes tous merveilleux!

— J.B.

Pour Marie et Maria

— V.V.

Catalogage avant publication de Bibliothèque et Archives Canada

Broski, Julie, 1962-
C'est moi / Julie Broski; illustrations de Vincent Vigla; texte français d'Ann Lamontagne.

(Apprentis lecteurs)
Traduction de : Being me.
Niveau d'intérêt selon l'âge :
Pour enfants de 3 à 6 ans.

ISBN 978-0-545-99223-7

I. Lamontagne, Ann II. Vigla, Vincent, 1970- III. Titre.
IV. Collection.

PZ23.B7665Ce 2008   j813'.6   C2007-906029-3

Édition publiée par les Éditions Scholastic,
604, rue King Ouest, Toronto (Ontario) M5V 1E1.

5 4 3 2 1   Imprimé au Canada   08 09 10 11 12

J'aime jouer à me déguiser.
Moi, je suis une vedette!

Je peux additionner et soustraire.
Moi, j'aime apprendre.

Je sais faire la roue.
Regardez, c'est moi!

9

J'aime jouer avec mes amis.
Moi, j'ai un bon esprit d'équipe.

Je participe aux corvées.
Moi, j'aime être occupée.

J'aime observer les nuages.
Moi, je suis tranquille parfois.

J'adore lire des histoires.
Moi, j'aime me divertir.

J'aime planter des fleurs.
C'est mon côté nature.

J'aime les biscuits aux brisures
de chocolat.
Moi, je suis gourmande.

Je n'entends pas.
Ça aussi, c'est moi.

Je parle avec les mains.
C'est formidable d'être moi!

On se ressemble tellement!
Pourtant on est tous différents.

Je t'aime parce que tu es toi.

Et je sais que tu m'aimes simplement parce que je suis moi.

LISTE DE MOTS

à	de	lire	que
additionner	déguiser	m'	regardez
adore	des	mains	ressemble
aime(s)	différents	me	rien
amis	divertir	mes	roue
apprendre	encore	moi	sais
artiste	entends	mon	se
au	équipe	nature	simplement
aussi	esprit	ne	soustraire
autre	est	nuages	suis
aux	et	observer	t'
avec	faire	occupée	tellement
biscuits	fleurs	on	toi
bon	formidable	parce que	tous
brisures	gourmande	parfois	toute
c'	histoires	parle	tranquille
ça	j'	participe	très
cette	je	peindre	tu
chocolat	jouer	peux	un
corvées	la	planter	une
côté	là	pourtant	vedette
	les		